# 思乡练习曲

曹 忠 著

项目策划：王　军　欧风偃　王　冰
责任编辑：吴近宇
责任校对：宋　颖
封面设计：墨创文化
责任印制：王　炜

**图书在版编目（CIP）数据**

思乡练习曲 / 曹忠著. — 成都：四川大学出版社，2021.9

（明远星辰文库）

ISBN 978-7-5690-5009-7

Ⅰ．①思… Ⅱ．①曹… Ⅲ．①诗集－中国－当代 Ⅳ．① I227

中国版本图书馆 CIP 数据核字（2021）第 195888 号

| 书　名 | 思乡练习曲 |
|---|---|
|  | SIXIANG LIANXIQU |
| 著　者 | 曹　忠 |
| 出　版 | 四川大学出版社 |
| 地　址 | 成都市一环路南一段 24 号（610065） |
| 发　行 | 四川大学出版社 |
| 书　号 | ISBN 978-7-5690-5009-7 |
| 印前制作 | 四川胜翔数码印务设计有限公司 |
| 印　刷 | 四川盛图彩色印刷有限公司 |
| 成品尺寸 | 145mm×210mm |
| 插　页 | 1 |
| 印　张 | 3.25 |
| 字　数 | 80 千字 |
| 版　次 | 2021 年 9 月第 1 版 |
| 印　次 | 2021 年 9 月第 1 次印刷 |
| 定　价 | 22.00 元 |

**版权所有 ◆ 侵权必究**

◆ 读者邮购本书，请与本社发行科联系。
电话：(028)85408408/(028)85401670/(028)86408023　邮政编码：610065

◆ 本社图书如有印装质量问题，请寄回出版社调换。

◆ 网址：http://press.scu.edu.cn

四川大学出版社
微信公众号

# 总序

　　由四川大学文学与新闻学院、四川大学出版社、四川大学对外联络办公室共同发起、组织的"明远星辰文库"终于问世了，这是第一套正式出版的四川大学校园文丛，有着特别的历史意义。这套文库每年的新书发布会，将成为四川大学校庆期间的文化活动之一，发挥凝聚学生、联络校友的重要作用。作为活动的组织者之一，我有一种克制不住的由衷的喜悦。借此机会，也想来说一说我所见闻的校园文学往事。

　　一百余年前，北京大学的老师安徽人胡适之、成都高等师范学校（四川大学前身）的老师成都人叶伯和先后开始了白话新诗写作，积少成多，风气渐开，中国新诗与中国新文学如星星之火一般，终于形成燎原之势。中国现代文学诞生在高等院校的校园里，来自校园里或许还相当稚嫩的文字，在这片土地上开掘出一条越来越宽广的大道，通向生机无限的未来。

近四十年前,我在大学与文学深情相遇。经历了20世纪70年代荒芜的中学生活之后,一个青年学生的艺术思维被真正激活,多少个诗歌与散文相伴的夜晚,抒情的、智慧的声音,优美的、忧郁的、激昂的文字撞开了想象的天窗,历史与现实的激情在这里重合、汇流。朦胧诗的论争,各种民间刊物的流传,谢冕教授出现在北京师范大学的阶梯教室,诗人的激动裹挟着论争的焦虑,后来我们有了文学活动频繁的五四文学社,有了以舒婷诗集命名的《双桅船》杂志,有了《五四文学报》。就是在那时,一位高原诗人率领"中国诗歌天体星团"扫荡北京各大高校,抵达北京师范大学,他的嗓子嘶哑到已经无法亲自朗诵诗作了,但显然又十分不满意他人的"代诵",待到情急之际,竟突然跳上三尺讲台,在半空中时而挥舞双臂,时而回头在黑板上奋力写下各种奇异的句子……也是那一年冬天,我带着《双桅船》和《五四文学报》回到家乡重庆,在重庆师范学院的学生宿舍里找到燕晓冬,希望与这位"大学生诗派"的主将交换刊物。踏进重师校门的时刻,身居北京所形成的那种"中心"意识曾经让我迸出一个念头:在这里,也敢公然代表"大学生诗派"——今天想来,这样的"中心"意识真是狭隘得可笑!

"大学生诗派"就是在远离中国教育与政治中心的地方矗立起来的,这样的命名不仅贴合山城重庆作为"诗歌之城"的现实,更是先锋性地道出了20世纪80年代中国新诗在校园蓬勃发展的未来,几年之后,才有评论家认真关注中国当代诗歌创作中的"校园诗歌"现象。

中国的学校教育,尤其是高等教育占据着文化金字塔的塔尖，因为受中国语言文化的熏染，这里的人们往往成为一系列重要社会现象的最积极思考者，并最终成为某种新的文化思潮的创立者、领导者。如果说文学发展的动力同时存在于"非精英"的凡俗人生与"精英"的文化空间，那么肯定是凡俗的人生给我们带来了种种真切的冲动，而来自文化空间的话语结构则促使我们将这些冲动编织成艺术的逻辑，或者完善为文学的新秩序。

一百年之前，是浸润过异域高等学堂教育的胡适之、叶伯和们为中国编织了艺术新逻辑，重建了文学的新秩序。

四十年前，中国校园文学的崛起推进了新时期诗歌艺术与文学艺术的发展，虽然此后文学的范围不断扩展，到20世纪90年代又有所谓"民间写作"与"知识分子写作"的论争，21世纪还出现了"打工诗歌""底层写作"，但有意思的是，自称"民间写作"的人大多还是来自"校园"，最"资格"的底层写作也不断将他们的出版物寄送至各大高校，包括收藏各种底层创作最丰富的四川大学刘福春文献馆，几乎所有的文学流派都希望能够在校园里找到热情的回应。

中国当代文学的前行当然离不开大学校园这一重镇，新的燎原之火依然期待我们的大学生继续点燃校园创作的星星火苗。这就是校园文学的使命。

作为西南地区历史底蕴深厚的高等学府，四川大学经历了一系列复杂的演化、聚合与重组过程，众多富有历史影响的知识分子在不同的时期与川大结缘，构成"川大文脉"的一部分。例如四川省城高等学校下属机构的分设中学堂时期的学生郭沫若与李劼人，公立外国语专门学校时期的学生巴金，成都高等师范学校时期的受聘教师叶伯和，国立成都大学时期的受聘教师李劼人、吴虞、吴芳吉，国立四川大学时期的陈衡哲、刘大杰、朱光潜、卞之琳、熊佛西、林如稷、刘盛亚、罗念生、饶孟侃、吴宓、孙伏园、陈炜谟,新中国成立以后的川大学生中则先后出现了流沙河、童恩正、杨应章、郁小萍、易丹、张放、周昌义、莫怀戚、何大草、徐慧、赵野、唐亚平、胡冬、颜歌等。值得注意的是,我在这里写下的名字是教授、学者、大学生、博士或硕士研究生,但他们同时也是一位又一位知名作家,四川大学已经用自己的历史向人们"证伪"了一个流传已久的经典判断:高等院校不能培养作家。高等教育究竟能不能培养作家,这可能首先并不是一个理论问题,而是一个需要在实践中认真观察、总结的现实问题。因为,从现存的各种文学理论框架中提炼不出作家养成的适用条款,让习惯于照本宣科的教师无从取法,但是,在我们不曾留意的校园某处,却总有一个又一个写作者在默默成长,有的早早就引人注目,却难以被纳入既有的教育逻辑,更多的则是另辟蹊径,自由发展,直到有一天赫然挺立,脱胎换骨,成了"母校的骄傲"。这个时候,其实轮到了我们的大学教育自我反省:是那些校园写作太过另类,超出了教育规则的约束,还是我们的教育本身就需要一次新的检讨?

当然,教育的反思和改革总是一个需要时间付出的过程,即便当今如火如荼的"创意写作"尝试也还有不少亟待解决的难题,但是在一切理论的"定稿"最终出台之前,对现有校园文学的鼓励、扶持、观察和总结则是我们应有的责任,尤其在四川大学这样一个创作传统绵延不绝的地方,我们没有理由不积极工作,至少能为这里本来就存在的文学火种添薪加柴,以我们有限的温暖呵护那些幼小的青苗,迎接他们即将到来的生机勃发的季节。

在这个意义上,"明远星辰文库"的设立是一次传递文学暖意的教育新尝试,在它刚刚搭起的阳光大棚里,希望有更多年轻的生命在新时代自由生长。

感谢四川大学出版社,感谢四川大学对外联络办公室,感谢四川大学文学与新闻学院,感谢所有策划、支持和参与这一"暖阳"活动的领导、老师和同学们!温暖人性的文学在我们大家心上。

**2021 年 8 月于江安校园**

# 目　录

在宽窄巷子　/001

等到风吹来时　/001

来自天空的回声　/002

青苔有痕　/002

看电影　/003

关于草的记忆　/003

在烈士陵园　/004

我愿所有的天空都弯曲下来　/005

天空的样子　/005

鱼事　/006

和阳光对峙　/006

遥远的雪　/007

命中的流放地　/007

另一种生活　/008

一片落叶可以诠释命运　/008

生活平凡如一张白纸　/009

旧日时光　/009

府南河的回声 /010
都江堰的记忆 /011
骑在时光的牛背上 /011
区别 /012
事物都是无心的 /012
六月的玉兰 /013
火车就要开动 /013
过河西走廊 /014
黄昏的新华书店 /015
故乡讲不出旧事 /015
海的记忆 /016
人民公园的盖碗茶 /016
南方的云 /017
走在繁花的街道 /017
我总是走得很快 /018
把犀浦镇写成一首温柔的诗 /019
海里那一片寂寞的蓝 /020
走回自己的身边 /020
在南滨河路遇见一只风筝 /021
银杏的旧时光 /022
罗汉岭 /022
文殊院 /023
城市养蜂人 /023
韭菜 /024
过秦岭 /024
地震以后 /025
下雨 /025

# 目 录

城里的桃花 /026

母亲的岛屿 /027

春天的火车站 /027

没有月亮的夜晚 /028

苹果往事 /028

一切都好近 /029

樱桃未远 /030

流浪的人 /030

童年的一天 /031

邂逅一场大风 /031

电话 /032

暮春之思 /032

所谓思念 /032

早餐 /033

母亲说 /033

余生 /034

冬天的第一首诗 /034

窗外的落叶 /035

梦里总想起安静的村庄 /035

我住在宁静的犀浦镇 /036

记得童年 /036

月光如水 /037

斯夜静谧如此 /037

搬家 /038

下雨天 /038

放风 /039

起雾了 /039

夜游　/040

兰州的每一天　/040

忙碌的日子　/041

小区的黄雀　/041

写作　/042

日子就这样过去了　/042

闲暇的日子　/043

爱炫耀的爷爷　/043

清明节　/044

雨后黄昏　/044

河边散步　/045

读书人　/045

凉州词　/046

火车开出兰州城　/047

公交车上　/047

年轻的岁月　/048

我们都别哭　/048

秋分　/049

晏家坪　/049

果子成熟　/049

川南的太阳　/050

想很快见到你　/050

回乡　/051

大山与空气　/051

这样的孩子　/052

在国道109线　/052

笔　/053

# 目　录

手　/053

黑河　/054

在嘉峪关紫竹园　/055

在金塔遇见一棵胡杨　/055

每一种美丽她都曾经历　/056

甜蜜的回忆　/057

迷路　/057

我的邻居老人　/058

捉鱼　/058

考试　/059

想起在甘南的诗人　/059

一些与爱情有关的东西　/060

遇见一场雪　/060

植物园　/061

在西站看见一张羞涩的脸　/061

读一首诗读得如此憔悴　/062

夜半通信　/062

四月的一天　/063

邛海之夜　/063

北海银滩　/064

重庆的街道　/064

姓名论　/064

村庄哲学　/065

爷爷的忧愁　/065

弱者的呼吸　/066

关于买书这件事　/066

而立之年　/067

农民与田园诗　/067

一群简单而纯粹的人　/068

站在故宫墙外　/068

写给姐姐和青海湖　/069

参观师大校史馆　/072

一个老人的死（组诗）074

**附录：　与故乡有关的故事**

故乡泸州是这样一座城　/079

中学时光与永宁城事　/085

回乡和对爷爷的怀念　/088

## 在宽窄巷子

我要用汉族的文字
写一座满族的故城
就像写下清晨的露水
写下故乡多余的雪
在宽窄巷子
每次都会被旧的事物
深深打动
青苔吐出绿芽
瓦片擦亮身体
熙熙攘攘的人群,在时光的深渊
享受浩荡历史里唯一的寂静

## 等到风吹来时

一片大山环抱着绿色
叫红光镇的村子举着天空
躺在阳光下
万物勃勃生机
一只杜鹃鸟站在高高的山顶
雪水融化
野花开遍原野
村寨静若禅院
风起云落,岁月悠长

我想,等到风吹来时
我就和母亲种下一圈向日葵
把村子装扮得再漂亮一些

## 来自天空的回声

我一直想如此安静地
用柔软的语言去修补钟鼓楼
撕裂的钟声
在沱江边,我立于船上,与父亲一起听水
波浪拍打江堤
就像心潮咆哮
在沱江边,我听见雷电的呼吸
如此孤独,如此遥远
那天分别,我对父亲说
在这座低矮的城市
只要唱出离歌
就能听见来自天空的回声

## 青苔有痕

一抬头,就看见了屋檐上的青苔
作为一个离开故乡十几年的游子
我早已走不进它们的内心
荒芜的场院里。一座废弃的石头碾子
还在霍霍磨着岁月的牙
在故乡,这些令人不安的黄昏

让我如此幸福
青苔被雨淋湿,被风吹落
很多年就这样过去了
此刻,我只能不停地抬头,再抬头
才能听见那些青苔
如蝇般的呼吸

## 看电影

以前,刚看完一场电影
我们会牵着手走在霓虹闪烁的路上
风静静从身边流走
无惧黑夜
你亲手碰过的那些时光
缓缓落在墙角,慢慢干涸,迅速蒸发
如同我身体的一部分消失在黑夜
现在,我习惯了在看完一场电影后
和你讲讲自己过去的故事
就像把电影里的情节从头到尾
再说一遍

## 关于草的记忆

草密密麻麻地铺了一地
躺在石头上的镰刀,生锈、斑驳、一碰就碎
迁徙的鸟儿还没回来
风吹了一遍又一遍

草就这样跌落到旧日的泥土里
就像沙子钻进了，陌生的空气
疼痛扑面而来
但只要雨下着
草就不会枯萎
因为，如果草死去
那么春天将会成为
一个虚构的名词

## 在烈士陵园

最初我只听到讲解员发出的轻柔声音：
英雄、烈士
后来，我贴近地面，听到了你苍老的声音
你说，你的一生都埋在这土里
没有人记得你世间的样子
我想，也许你早忘了
有那么多人爱过你
爱你枪林弹雨里奔跑的身影
爱你比夜还黑的眼睛
也许，他们今生都不会与你相遇
他们能看见的
只是坟茔上摇摆的草
拨动了死寂的空气

## 我愿所有的天空都弯曲下来

风把河边的草都吹走了
秋天的大河,显露出原有的平滑
就像被岁月掏空的母亲,站在荒凉的山坡上
经历过爱恨别离后
我那么不愿去想
一些愉快的事物
就像这些年来
我总喜欢将迟到的春天
和一片天空联想到一起
浅黄、深蓝的天空
时常弯曲下来
覆盖自己的身体

## 天空的样子

我无数次描绘过
童年干净的天空
植物的样子都很动人
现在,披红戴绿的棉花地
在城市边缘苟延残喘
显露出老人才有的疲惫
在老家,我看见的天空
在低头抬头间
都变成了深灰色

以前，我试探着
去替一朵花洗干净头顶的天空
此刻，我只能深情地怀念
曾经清澈的它们

## 鱼事

忽然想到
在河流深处
在一株水草最温柔的灵魂里
我曾和一只幼小的鱼
心生罅隙
那些经过的村庄都被我一一遗忘了
在一条清澈的河里
我一遍遍清洗自己的身体
在三十岁前的时光里
把时间掏空，再抱住梦里
一条肥美的青色大鱼

## 和阳光对峙

穿过忧郁的季节
和阳光对峙，是一件陌生而幸福的事情
那时，这世界
多么矮小，多么温暖
我低着头
努力忘却前半生的恐慌

内心如河水波澜起伏
流向未知地

## 遥远的雪

总会在一个迟到的春天
想起故乡遥远的雪
她们又小又白的样子
如五月尾巴上唱歌的蟋蟀
如浩荡秋风中细碎的落叶
在异乡,那些遥远的雪
胜过这世界上的一切悲悯
季节身后的土,和回声
那些遥远的雪
让我如此幸福、期待
因为雪花融化
一些笨拙的词语,就会
在春天显露出原本的样子

## 命中的流放地

墙角开着的野花
很快就成了陌生的样子
我站在一朵花的面前
看到空气清冽极了
那些在旷野来来回回的风
让我想到

如今与村庄为敌
那么被藏在暗处的
忧愁心事
就会像一朵野花
开在心上
亮出可耻的卑微

## 另一种生活

在陌生的村子喝茶、打坐
阅读一段孤寂的时光
和一些旧事物相爱
多好
如果想家了
月亮就会挂在树上
像一把弧形的剑
逼近春天
直抵乡愁的内心

## 一片落叶可以诠释命运

那时候,树叶比现在落得缓慢一些
每一片都试图抵达潮湿的土地
蛰伏着。再努力开出一个春天
那时候,秋天比现在更加红艳
风挤在一棵棵树的周围
等待着一场审判

那时候，每一滴雨水都格外珍贵
在天空安静得
如同万顷钴蓝的钻石

## 生活平凡如一张白纸

这些年，该经历的都经历了
下班的时候，云低过头顶
路边盛开的花从根部开始枯萎
生活不再那么与众不同
当我走在漆黑的马路上
我就忍不住想，这条街
会不会，也在某个清晨醒来
让我看见它平凡如水的白

## 旧日时光

穿着旧皮靴
一个人去了西藏、北疆
遇见过的羊群、麦子和大片青稞地
后来都渐渐老了
在陌生异乡人的脸上
要准确找出那个
披着波希米亚披风的姑娘
也不是那么容易的事
经历暴风雨后
在开往昔日的火车上

我将回忆当成固定的练习
暮色倒下去
我不出声
只紧紧攥着手里皱巴巴的车票
等待一个辽阔的天地
在眼前徐徐展开

## 府南河的回声

站在府南河
就要回忆、写信
就要在黄昏,将一切的故事
都细数一遍
就要把远方的地址
牢牢记在心里
就要把水里忧伤的石头
一点点挪开
让语言流去一个南方小城
和一个女孩的心里
我想等到府南河流过脚下
我的故事就会像玫瑰
在异乡的土地上
长出花的样子

## 都江堰的记忆

那些年,我无话可说
只有呼吸
每一个夜晚都比以往更黑
记不清每一个朋友的衣服
记不住每次聚会啤酒的颜色
只记得河水迅疾
城市与村庄在波涛里沉沦
风过都江堰
如同怀揣着理想的少年
跌落到滚烫的太阳里

## 骑在时光的牛背上

我给放过的每一头牛都取了
一个温暖的名字
牛卧在黄昏的草地上
一片向日葵在它身边开着
开得那么努力,那么认真
开得我不愿再想起它们曾经幼小的样子
就像现在
我也不愿去想起那些和牛有关的事
月光掉下来
鸟飞上枝头
我站在孤独的群山之间

只有那些被啃食过的草
在缓慢地干枯、破碎
一条内心隐秘的大河
就这样藏下了冠冕堂皇的悲伤故事

## 区别

在车站,只剩下一辆孤独绿皮车
我在阳光下彷徨。就像多年前一样
窗外大树在地上投下的阴影
每一个都比我手指更长
我捏着皱巴巴的车票
想在这世上,把那些藏着痛的心
一次次撕开
再把自己塞进去
在这夏天的最后一个黄昏
阳光和雨水都在心底悲欢着裂变

## 事物都是无心的

我原本想走很远
去山野中,去河边,去池塘里
找到走进一切事物内心的秘径
以前,我一直不说话
把牙齿敲碎
让舌头长出青苔
开出璀璨的花

那时，我知道
这个世界装不下我的自卑与哆嗦
而现在，没有什么悲伤再挡得住我
因我已然知晓，我们的人生就像奔腾的河流
终究都要流归大海

## 六月的玉兰

它们都是一朵一朵地开放
再枯萎
我想，没有一种颜色
可以替代玉兰开过的土地
在一朵花面前
我只想成为
一颗孤独的玉兰种子
沉于地下
因为等到春暖花开的时候，你看见玉兰
难过的心
一会儿就好了

## 火车就要开动

火车就要开了
天空紧张得像哭泣孩子的脸
我不敢发出任何声音
但我一定要猜想
火车走过的每一条路

都是骨头陌生了的地方
站台之间
残存的雪花
落下来
我以为我这一生
都要像一只冬天哑了的蟋蟀
在一块焦虑的芭蕉上度过
火车开过来
就像大雁排成一排
那些逝去的时光
和火车一起
奔跑成了反反复复的思念

## 过河西走廊

在被太阳烤热的土地上
石羊河忽然就没了眼泪
在戈壁深处，我看到最温柔的石头
正彼此用古老的姓氏称呼自己
命中的羊群在山间奔跑
我听见凉州被晨雾打湿的声音
就像千年前西域来的公主
将带雨的梨花，洒落在孤寂的大地

## 黄昏的新华书店

黄昏的新华书店格外阴郁
文字长在亚麻色的纸张上
开出泛黄的花

"我要拯救自己的欲望"
在一本发黄的诗集上
忽然读到这样的句子
窗外,一群鸽子安静飞过
空气,显露出黏稠的颜色
我紧紧抓住那些陌生的书页
以为抓住的就是你

## 故乡讲不出旧事

暮色推倒瓶装的旧事
孤独贴着低矮的大地
沿着铁轨奔向故乡
那里的每一个夜晚
都是蓝色的
爸爸被风吹起来的衣服
在山间摇摆
雨在我们中间寂静地下着
什么声音也没有

## 海的记忆

我们去看海吧,背上行囊
装上自己积攒的所有欢喜
海边,万物都好低
所有的海水都低过头顶
你看海多好,一切带不走的
都被海水埋葬了
那些在身体里奔腾着的,温暖而幼小的鱼
最后,都变成了一颗颗咸湿的心
有人从海边向我跑来
带着薄凉的诗意
我来不及看清他
就像我来不及看清我自己

## 人民公园的盖碗茶

在人民公园的茶摊子
我要了两杯茶
因为你不在,我替你喝了它们
那些不愿想起的事,总是和第一口茶一样
每次咽下去,浓烈而苦涩,却带着淡淡的甜
在茶水荡漾的波纹里
我当然看得见你,那些思念
悠悠地攀上你结网的窗户
却再也打动不了你

在这个季节,我的十指比这暮春的昼还长
它们对着两个空空的茶碗
焦急地握紧又松开

## 南方的云

在南方
云是我最爱的女人
南方潮湿的夜里
天空毫不羞耻地展露自己黝黑的胴体
我那时想,在这样羞涩的夜晚
我应该想起一朵云
或许这样才能想起尊贵的爱情
从南方到北方
我走得比风还快
我想,一朵云
如何在天空
才能成为想念你的那一朵
熄灭整个世界

## 走在繁花的街道

阳光明媚,在别墅区
遇见一场花雨
我想,如果老了
还走在这条街上
还能拥抱这粗糙的天空

还能看见
花干净的模样
该多好啊
如今，我藏在繁花的阴影里
生活又过成了陌生的样子
阳光闪过
我心底里
挤满了细碎的回忆和
暮色掏空的疼

## 我总是走得很快

小时候
母亲说我总是走得很快
快得连风也赶不上
她经常在我离家的时候
嗫嚅着
叫我的名字
可那些声音都飘散在
身后狂乱的风里
后来
在我居住了四年的兰州
在夜色低垂的晏家坪
我依旧走得很快
总是把身旁心爱的姑娘
落下好远

## 把犀浦镇写成一首温柔的诗

成都是蓝色的
犀浦镇也是
在犀浦镇的某个角落
看见阳光,都会生出心疼
作为一个外来客
在犀浦镇的最北边
我丢了两张人民币
它们被黄昏的路灯吞掉了
那些背负着乡愁和姓氏的光
被照亮,被熄灭
很多次,我都是这样
抓不住很多即将到来的幸福
该去的终究还是去了
蓝色的犀浦越来越瘦
我坐在夜色里摇晃的大铁鸟上
星光从犀浦镇吹来
那么多的
不甘,我无从说起
躲在时光的影子里
我多想,把擦肩而过的犀浦
写成一首温柔的诗

## 海里那一片寂寞的蓝

当汽笛响起的时候
我们就要出海了
黎明的红光照耀着前行的路
汪洋寂寞,海风寂寞
眼里只有一片蓝
浅蓝、深蓝、钴蓝
我总认为这些寂寞汪洋里的蓝
是汽笛的礼物
是汪洋的馈赠
亦是想念时的寄托
归航那天
残阳映照的海湾
会再次响起汽笛的号角
码头上是欢呼的人群
五彩的城市,灯火璀璨
我们举酒相庆
脚下的海是黑黝的水
没有寂寞,没有蓝

## 走回自己的身边

我不知道
我能否走回自己身边
那一天

在你闭眼的时候
我看到了西北忧伤的春天
落叶满街
大路上人流匆匆
我躺在云上的时候
常会这样想起
一个人是否真能走回自己身边
没有人给予我答案
我只有
站在落满枯叶的大街上
一个人迈着步子
试着走回自己身边

## 在南滨河路遇见一只风筝

在南滨河路
遇见一只风筝，就像遇见了世间的一些
和流浪相关的事
我曾爱过许多孤独的风筝
其中就有南滨河路那一只
每次我看见它和它身后天空的蓝
就会揪心
它会不会不喜欢那样的飞
它会不会不喜欢它身后的蓝
想到这些
我就很难过

## 银杏的旧时光

那时候,幻想自己是一棵挺拔的银杏
清水河就是养育我的土地
那时候,鸽子飞过犀浦镇忧郁的天空
我抱着一本波德莱尔的诗集
在第 25 棵银杏树下
和你一起听校园老歌
那时候,风就那么吹着
银杏飘满长长的大道
你和一些人在秋天离去
只剩下内心的柔软
和旧时岁月里的阳光

## 罗汉岭

在罗汉岭,我没有看到罗汉
满山的竹海如心潮起伏不定
传说在罗汉岭深处,有雪山和成群的白鹿
有清冽的山泉,有神仙修道的洞府
少年岁月,我一次次攀爬罗汉岭
幻想自己成为神仙后的样子
如今,而立之年的我站在罗汉岭上
只是一个被生活摧残后的无名凡人

## 文殊院

黄昏时分的文殊院
行人如织,修路的机械哐哐轰鸣
我想红尘的繁华与喧嚣
大抵如此
坐在紧闭的庄严大门前
我听到门内僧侣们在虔诚诵经
钟磬齐鸣,佛号声声
刹那间,街上的喧嚣就归于宁静

## 城市养蜂人

多年前,在重庆磁器口
遇见过一个深山养蜂人
父辈上溯三代都以养蜂为生
赭黄色的土质蜜罐
在繁华的磁器口商业街
成为一个文化标出项
众人驻足围观
谈论蜜罐的民间艺术性
我一声未吭
默默买下三斤蜂蜜离开

后来，我每次尝那些蜜
都有一股沉重的粗劣质感萦绕心间
就像沙子割破舌头
窜进了胃里

## 韭菜

春天老想起一些与韭菜有关的事
还有薄荷
它们都是爷爷煮豆花需要的佐料
爷爷活着的时候
经常会来采它们
拌上辣椒
就是一道好菜
后来
爷爷死了
再也没有人去采摘韭菜与薄荷
再也没有人去采摘一个与春天有关的故事

## 过秦岭

车过秦岭，如雪拥蓝关马不前
岭顶的风像我的命运一般薄凉
但天空纯净幽蓝
空气中的灰尘都显得清白无瑕
我知道王维在这里修过道、写过诗
他见过的那些千年前葱郁的树

而今依旧葱郁
它们把时空的悲远弥合
让我生起在这山涛林海间隐姓埋名的念头
而车不曾停歇
车轮呼呼地冲下秦岭
把我带入热闹的人间

## 地震以后

房间晃动的时候
没有想到与生死攸关的东西
只是无奈地等待
等待结局的到来
那一刻我没有害怕
那一刻我顺从于命运之神
成了她的奴隶
一切听从她的安排

## 下雨

雨在下，打湿了树上的叶子
和新买的皮鞋
我不得不停下来
审视已经陌生的乡村
和路上横流的肮脏的水
它们体内蕴藏着的阴霾和孤独
呼啸着东流而去

我的心像一道巨大的堤坝
遮住了水和母亲种下的
稻子、棉花和梨树
刺骨的雨终于把房顶上的炊烟浇灭
红光镇，就像一个古老的词语
被我捏碎在最柔软的雨里

## 城里的桃花

我和妹妹带着母亲
到城里看病
在医院楼下
她理了理头发
又松了松鞋带
那些笔直的高楼
用异样的眼光打量着她
晚风斜阳，落叶纷飞
母亲静默着不说话
后来，她悄悄走到大楼角落
一棵佝偻的歪脖子树旁
桃花落在地上，她忽然高兴得像个孩子
冲我们喊道，这桃花和家里的一样
多美

## 母亲的岛屿

起初,那是屋后的一块荒地
野鸟在那里筑巢,家鸡在那里下蛋
我每天去拣鸡蛋,交给母亲做成
美味的韭菜鸡蛋羹
我离家五年后
母亲把那块地开了荒
种下一窝窝韭菜
听妹妹说,她常常趁着没人
去摸一摸,那些嫩绿的植物
和它们说说话
还给它们建了一圈竹子做的围栏
不许那些咯咯叫的母鸡再靠近
妹妹说
那块地成了母亲一个人的岛屿

## 春天的火车站

在火车站
我对每一列开过的火车都充满了好奇
无数的窗口,闪过不同的人脸
有人欢笑,有人忧郁
我知道,我将要踏上其中的一辆
去往未知的远方
广场上忽然多出来一个头发花白的妇人

那张被时间深深伤害的脸
让我手里皱巴巴的车票
越缩越小
最后消失于无形

## 没有月亮的夜晚

那时候,村里总停电
一家人坐在院子里,点着几根红蜡烛
大人打牌,我和妹妹数星星
偶尔有路过的车灯照过来
就在院墙上印出一个
快速划过的月亮
月亮消失了,三岁的妹妹哭闹起来
母亲丢下一把好牌,在众人的抱怨声中跑进屋去
"月亮回来了"
妹妹高兴地喊道
我回头,看到母亲正端着雪亮的矿灯
坐在屋檐下
失望地盯着
眼前空空的桌子

## 苹果往事

母亲拼尽全力
想掰开一个苹果
事实上

她已经失败了好几次
那是我六年级的最后一个儿童节
班主任给我们每人发了
一个又红又大的苹果
我把它交给在校门口接我回家的母亲
母亲说,她要给我妹妹留下一半
说完,她便和那个顽固的苹果
对峙了好久
用上了一生的全部力气

## 一切都好近

父亲说,那道闪电离他好近
那些蹦跳着的火,在身体里断裂
在骨头里燃烧
在川西南的大山上,雷是不可亵渎的神灵
父亲不是无神论者
他扛着锄头,逼迫着自己在农民的身份外
承担起挑战神灵的使命
但我知道,父亲怕雷
他曾目睹雷电劈断屋后的楠木
肢解坚硬的岩石
可雷电不能把他留在干燥的屋内
留在村里的小酒馆、麻将室

在轰隆隆的雷声里，他常常想把古老的锄头
扔向孤独的城市。等多年后
再让我去寻找
那些枯萎的痕迹

## 樱桃未远

很久没有吃过一颗新鲜的樱桃
对于大西南那个村子，每次只能
远远地遥望
就像记忆河流中温暖的石头
反复在梦中枯萎
樱桃高过故乡的草垛，高过父亲的肩膀
几只鸟落在枝上
秋天就显出美丽，并让我看见她惹人的红艳

## 流浪的人

文殊院外，总时时站着一群流浪的人
他们吹拉弹唱，固执地想用粗劣的才艺
让虔诚的人们拿出金钱
阳光照在庄严的寺院屋顶
一只只鸟儿自由地穿过热闹的文殊坊
那些流浪者从不去看这些美景
他们的眼睛如同枯井里燃起的火焰
焦灼得胜过夏日正午的阳光

## 童年的一天

童年的一天,我是如此度过的
早上六点十分起床
蹲在温暖的柴火灶前等水沸腾,顺便温书背课文
七点,我和母亲一起吃饭
七点半,我坐上父亲的船
去沱江对岸的小学上课
十二点,我去街上婶婶家吃午餐
下午三点,我会在码头数鱼,顺便等父亲接我回家
父亲常常忘记接我
我只好把水里的鱼数了一遍又一遍

## 邂逅一场大风

成都西站的风
总比别的地方暖和一点
就那么一点
已经让我感觉到春天的气息
阳光澄澈
一些花已经盛开
但那条穿城而过的铁轨依旧寂寞

## 电话

总喜欢在夜里给父母打电话
电话那头
母亲牙牙学语般的呢喃
多少会让我感到心安
母亲说，她喜欢站在凛冽的江边
想象住在江水另一头的我
过着富足而健康的生活

## 暮春之思

春天终是无可奈何地快要过去了
爷爷的墓地上，狗尾巴草也随暮春到来而干枯下去
这些年，我的生活过得兵荒马乱
来不及在暮春以外的季节追思先人
当睹物思人
我也只能面朝南方，双手合十

## 所谓思念

所谓思念
不过是将望月的头颅
抬起又低下
而没有月亮的夜晚
我会选择坐在窗口

等待月亮的回归
就像等待心爱的女人

## 早餐

当围着火炉跳舞的煎蛋香气
像温润的柳絮，披在肩上
那些被藏在暗处的忧愁心事
就喷薄出来
没有人知道，在我还是孩童的时候
香喷喷的煎蛋从没有变成早餐的可能

## 母亲说

南方的风忽然就大了
吹落了衣衫和树上仅存的叶子
夜色低垂
母亲说，她要在这夜风里走出南方
在失望里走出希望
雨色微凉
整个南方和母亲一同清瘦下去
母亲说，她的头顶总是堆满陈旧的时光
南方的风吹不动它们
她在南方只剩下回忆和眺望

## 余生

窗台下，黄河水奔流，昼夜未停
膝盖上的日记
记录了我逝去的大把青春
我知道，我不该去久久回忆这走过的二十年
也不该去焦躁我三十岁的时候能否功成名就
就像
我们欢愉生的时候
不必去想死时的悲哀

## 冬天的第一首诗

早上，翻开日历，今天是大雪
昨晚，我听说故乡山坡上的叶子都落了
我也听说
母亲在老家的阳台上
给一盆我买的多肉浇了好多水
她养的鸡在楼下咯咯地叫
已经是冬天了
我在钢铁森林的城市
热切地呼唤一场盛大的雪

## 窗外的落叶

很久没有看见落叶了
窗外硕大的法国梧桐边
站着笔直的银杏
每一个读书写作的日子
我总是静静地看着它们的叶子
由绿转黄
又由黄转绿
我想,这真是一个悲伤的故事啊
我们的生命没有轮回
只能无可挽回地
一直衰黄下去

## 梦里总想起安静的村庄

那时候,父亲总是起得很早
我和父亲一前一后,去十公里外的镇子赶场
小村的路,照明从来都只有星月和晨光
路过的许多村子都安静得那么不真实
父亲说,年轻人都外出打工了
村里的热闹也都被他们带了出去

## 我住在宁静的犀浦镇

我住在犀浦镇一年有余
邻居们每天进城
我常常趴在黄昏的阳台上
羡慕那些在犀浦镇上川流不息的车
他们都把我的欲望带进城里，带到人迹罕至的远方
小区里的芦苇总在三月开花
风中一团团柔软的絮
刻着一些被时光撕咬的心
作为一个都市的异乡人
我总是埋着头走路
我害怕那些陌生的宁静
会刺伤我
让我的身体淌出思念的血液

## 记得童年

现在只记得那时候的风很大、很烈
我和小伙伴在马路的尽头
一坐就是一下午
我给同龄的孩子讲过金庸的小说
给暗恋的姑娘朗诵过海子的诗歌
可我的整个童年，风总把我包围
许多话没有说出口，就被呛了回去
后来，我父母外出打工

我就喜欢一个人走路回家
羊肠小道
还是有风
不过那些风很软
总会把路边的狗尾巴草
一茬一茬地摇过来
亲切而甜蜜地靠近我

## 月光如水

在窗前
我看见
月光印在路上
波光粼粼
那些光折射进我的内心
甜蜜而温柔
花园外，是小区通往城里的主干道
那条路此刻安静地躺在那里
享受一场盛大的月光浴

## 斯夜静谧如此

夜是如此的深沉
我和猫坐在窗前
带着思想远征
猫有时不发一声
有时对着黑夜狂叫

那些叫声带着浑浊的气息
一定是它身体里藏了多年的愤怒

## 搬家

玉兰花开的时候,我们开始搬东西
把那些跟随了我们多年的东西
再挪个窝
这时候,我们就变得势力而薄情
"那个还能用,留下吧"
"那个用了好多年,扔了吧"

## 下雨天

下雨天
干燥的北方也变成了故乡的样子
我学着像许多诗人一样
在下雨天思乡
那些开了的花
那些我在夜风摇摆的铁鸟上
见过的璀璨灯火
还有两张我遗失在犀浦镇的人民币
都被冷雨冻掉了
而突袭的感冒
让我不得不吞服大把的药片
它们都消失在我红色或者蓝色的血管里
疗养着我的身躯

那些在病痛中死去的细胞
说它们看见故乡的桃花开了

## 放风

我把周末的逛街叫作放风
南滨河路的黄昏啃食了太阳
只剩一片温柔的浅蓝
我与一盏盏逐渐亮起来的路灯
擦肩而过
那些招摇在张掖路上的年轻
让我想起神圣，理想和光
每个人脸上都洋溢着满足
是的，我们都失去了在城市逃亡的勇气

## 起雾了

起雾了，是故乡四川的雾
是少年时代的雾
河面上缭绕着白茫茫的一片
那些齐刷刷的杨柳
像迷路的行人
起雾了
世界一片苍茫
在雾里，我忘记了
所站立土地的姓氏
一切都是甜蜜的宁静

## 夜游

灯火碎了一地
人影也碎了一地
我挤过圆通大桥汹涌的人潮
挤过那些黏稠的空气
把白天的矜持都丢在身后
天空忽然就变得好大
黄河水从桥下流进我的身体
人们载歌载舞
和我一起把自己融进这欢乐的夜色

## 兰州的每一天

兰州的每一天都充满阳光
让我感到每一天都是新的一天
都应该感到富足、喜悦、幸福
往南的列车一辆接着一辆
我多么希望
这样的阳光
也伴着它们

## 忙碌的日子

这世上的一切都是时间的奴隶
我有时候想握住时间的刀刃
但每一次都被刺得满身伤痕
经历得多了,我就学会了用忙碌麻痹自己
时至今日,我依然会说:
忙碌多好
忙碌的人不用思考
思考是多么绝望的事

## 小区的黄雀

三四月的季节里,沉睡了一冬的植物还没复活
但我每天回家后
还是喜欢坐在小区楼下的阳光背影里
和异乡的一只黄雀
说些各自听不懂的事情
谁会相信呢,我每天都坐在小区楼下
和一只黄雀讲故事
就像故乡的爷爷,和一条叫阿白的狗
对话了十年

## 写作

我总是写一阵,就停下来
外面月光寂静
巨大的黑暗的墙
像阴森恐怖的心
这些天的每一个日子
都深深地伤害了我
我心里小小的悲伤
就像窗外熟透的苹果
正在风中摇摆

## 日子就这样过去了

我看见飞翔的鸟
站在悬崖的最高处
跳下
我听见哭泣像碎玻璃
赤裸裸地长满土地
扎伤每一个路过的人

## 闲暇的日子

闲暇的日子,能喝喝茶
多好
闲暇的日子里
我无话可说,只剩下呼吸

## 爱炫耀的爷爷

爷爷去过北京,去过山海关
甚至花了五毛钱去天安门
他同我炫耀这些经历的时候
我正在看韩国电视剧
没空理他
其实,我早已经了解
他能去那些地方
不过是被招工的李三
丢在了辽宁
他流浪了大半个中国
英雄般回了家

## 清明节

清明节下了雨
爷爷坟上的狗尾巴草
又长高了些
我一直认为那是他
以另一种方式
存活于世间
我无比爱怜地抚摸着
那些青翠的生命
就像当初他无限慈爱地抚摸
年年长高的我

## 雨后黄昏

一场雨后
黄昏来临
我低头走在南滨河路
被晚风吹拂
一朵玉兰在雨后的黄昏热烈绽放
我无端想起在远方的爱情
爱情遥远
迫近黄昏
心中的玉兰已经凋谢
雨水开始丰腴

## 河边散步

我总喜欢在河边散步
从东走到西
又从西走到东
每天都会遇见不同的风和行人
但我总是记不起他们的样子
更多时候
我记住的是河对岸的一棵青柳
一张长椅，一个温婉的女孩
多少次，我想蹚水过河
说出那个关于爱的词语
然而，河水汹涌
对岸那么遥远

## 读书人

不去与词语恋爱
那些岁月带不走的心情
也全部都被埋藏在了书里
你知道，有人在泛黄的纸张里
起义，死去
也有人在纸张里
永远俯瞰人间
读书人的舌头
早已伴随语言溺亡

接近知识的深渊
就会被问题包围
那迷人的峡谷处
总挤满了求知的人群
他们高声读书
不信，你听

## 凉州词

出行前
我又读了一遍王翰的《凉州词》
葡萄美酒夜光杯
王朝的梦和峥嵘的岁月
都在火车穿过凉州的时候
入我梦来
繁华的城关只剩下孤独的城楼
拾级而上
便再次走入历史的尘埃
在凉州的春天
我与历史对坐
春风来了
石羊河又再次流淌凉州的血液
羌笛再次回响在云端
征尘满身的将士们又回来了
他们在月光杯中
围着火堆跳舞

## 火车开出兰州城

当火车开出兰州城
大树依旧站在铁道两旁
像送别的卫兵
你不知道的是
为了这次出行
我把最后一次相聚时的酒瓶都带在了身边
那些空瓶子呀,在车上敲打出最美的歌声

## 公交车上

公交车上总是很嘈杂
说话的人很多
可以相识的很少
这个狭小的空间
就像温暖的人间
我们挤在其中
晃晃荡荡
奔向归途

## 年轻的岁月

梦里走很远的路
去见一个人
路那么远
有令人心疼的天空,土地
梦里会在陌生的土地上、城市里
和陌生人相识、相爱、相恨
一座梦里陌生的城市
给我以盛大的荒凉
就像我初识人间
渺小于天地

## 我们都别哭

眼里干涩,没有眼泪
有时我想给你寄去一些诗句
可我没有你的地址
虽然我知道。没有句读
可以断开你我的联系
但那些诗只摆在我面前
述说距离带来的悲伤
而死去的。是一些回忆

## 秋分

秋分时刻
一颗种子在稻田里
长成一棵开花的木棉树
并且自诩为希望和重生
每个人都告诉我,那不是谎言
而我,却一直不愿相信

## 晏家坪

这个地方如同它的名字,灰头土脸
旁边是日渐繁华的兰州城
这块土地上曾埋过
某一朝的土司皇帝
现在它依旧埋人
并将此作为自己的光荣
以前它埋过土司皇帝
现在它埋着达官显贵
不过,它依旧灰头土脸
并拒绝任何繁华的搭救

## 果子成熟

果子成熟了。在秋天的最后一个黄昏
火车呼啸着从兰州城开出

我坐在靠窗的位置
迷恋窗外的景色
朝阳照在我的脸上
我想，在这人间
我拥有河山、天空和你
多么幸福

## 川南的太阳

阳光穿过卧室的大窗
落在地板上
地刚被母亲打扫过
显得无比整洁
少年的我，热爱着川南的阳光
那些摇曳在美丽山洼里的太阳
清澈而温暖
在我心中弥漫开一湖清澈的水
伴着我走出了川南，一路北上

## 想很快见到你

去见你的时候
天那么蓝，云那么好看
我多想成为它们中的某一朵
俯瞰你的容颜
城际班车越走越远
要将我带向你曾经的城市

沿途要经过许多的山
你不会知道
我将每一座山
都取了一个与你相关的名字

## 回乡

我又回到了三年前的所在
什么都没变
哪怕是那几株蜡梅
也没有长高
我小心地走过每一个角落
害怕遗落了它们中的任何一个
我知道
这一次来过是最后一次来过
因此，我小心而认真地审视它们

## 大山与空气

很多年没有再爬上过那些大山
它们在十年的时光里被我慢慢遗忘
我遗忘它们，就像遗忘十年的少年时光
大山上父辈砍过柴
拿着猎枪追过獐子或者野猪
如今我闻到它清冽的空气
就如同闻到童年的气息
那些气息后来

遗落在一个叫红光的小村子里
直到现在，我还找不到它们
就像它们当年就没存在过一样
现在，在城市巨大的建筑阴影下
我再次想起大山里空气的味道
它们清冽、温暖
像母亲的怀抱

## 这样的孩子

我知道父母
希望我成为这样的孩子：
在故乡的土地上平凡生活
把繁衍后代作为人生的唯一
我渴望过出走
渴望过山外的世界
但想起外面的繁华
就会想到我在这个世界存在的意义
就会想到年迈的父亲
这样想着的时候
外面的世界就暗了下去

## 在国道 109 线

在国道 109 线上
我反复游走
试图在一条条通向远方的道路中间

寻找一条属于自己的路
那么多的路
却只有一条通向我要的幸福
我站在路口恍惚
仿佛,我就是那个已经走错了路的人

## 笔

笔多好
可以写下想你的话
可以画下你的模样
也可以寄给你
让你写下想我的话
让你画一幅我的画像

## 手

手,终是握不住一切的
哪怕是一缕风、一把沙
有时候,你明明握住了什么
却发现终究还是失去了
风是握不住的
雨是握不住的
爱情是握不住的
命运也是握不住的

## 黑河

在河西
我能和黑河坐一下午
我们什么也不说
大风吹过祁连
牛马繁盛,草木滋长
西域的王跨上了战马
越过了冰雪祁连山
黑河水
变成了蜿蜒的大道
它流啊流啊
在狼烟与厮杀中流向北方的草原
曾经,多少人饮下黑河水
背上刀剑
怀揣着西域王的梦
走向了
刀光剑影,生死无常
曾经,多少人饮下黑河水
固守着西域的黄沙戈壁
做着本分的农民
企盼着最卑微又最富足的生活
土筑的长城塌了
西域的王死了
黑河依旧静静地淌
任凭时光将它扔进了

历史书本最深的角落
此刻，我坐在她身边
她不说话
我也不说

## 在嘉峪关紫竹园

在小城嘉峪关
我身体里藏着湖水般的柔软
天空和土地都是干净的
再也不需要打扫
黑夜的紫竹园
所有的一切都睡着了
我站在园子中央
是唯一一个未眠者

## 在金塔遇见一棵胡杨

坐在金波湖边的时候
天就要黑了
胡杨树成了我生命里的爱人
它把所有的人都变成了鱼
我也是其中一条
我们都在湖里游啊游啊
酒泉的风一次次将黄昏吹到我身边
风沙一次次将我坚硬的外壳敲掉
这一切让我时刻都要

细数生命里仅剩的时光
并将它们作为复仇的筹码
我要用生命的力
劈开这些眼前的疼痛
在一座叫金塔的小城
在一棵心爱的胡杨树上
浇灭我的罪恶
洗涤我的灵魂

## 每一种美丽她都曾经历

我想,每一种美丽她都曾经历
就像天上忽然有了星辰,就像钴蓝的天空没有一朵流云
在那最黑暗和最明丽的日子
我遇到了她,遇到了一双世间最柔弱的眼睛
那以后,我告别了庸俗的生活,就像
告别了卑微的自己

曾经,我那么坚信
阴影越多的地方,光就越少
正如那些在她发梢跳动的
再也不被人记得的荣光
现在,早已消散在岁月的年轮
还有她的脸庞,她回忆过往的小小思绪

此刻,她的脸和眉毛
平静如波澜不惊的湖水

就像她的笑，被隐藏在一切事物
最单纯与良善的内心

## 甜蜜的回忆

那一年小城的丁香花
邂逅在暮色里，赤诚为秋的颜色
湖水倒映着你的文字
时光开始逃亡在一船烟雨
我无从得知一些关于你的隐秘风景
在牛羊堆里，在黄土之上
在人世的第三十个年头
这寂静的风再也涟漪不起属于你的故事
就像你再也唤醒不了
我装在瓶子里清晰的疼

## 迷路

从城关走到七里河
中间要经过许多的岔道
它们常常让我迷失
但我热爱这样的迷失
每走进一个岔道
我都会找到许多未曾见过的风景
如同多年不见的友人相聚
静坐于苍穹下
一起聊聊故事

## 我的邻居老人

那时,核桃树还没有开花
蝴蝶围着老房子不停转圈
来自东边的风胡乱地吹
村口拾柴煮饭的老人
已经直不起身板
在松子落地的那个季节
他死在了自己几乎倾倒的屋里
无人回忆,亦无人祭奠

## 捉鱼

在晴朗的日子
我会和阿岩一起下河捉鱼
我们跑过一排排
被风掰弯的玉米地时
身体和叶子唰唰的摩擦声
温柔又急迫
阿岩说,叶子割出的伤口
火辣辣的疼
但和吃鱼比起来
这些疼又算什么呢

## 考试

放学的时候,心比天空更加阴沉
路似乎变得更加漫长
回家的路上
心中没有一丝风声
鞋底踏起的尘土
比河水还要稠密
我知道,回家后
我注定避不开母亲锋利的眼睛
忽然下雨了
我想,下雨真是一场幸事

## 想起在甘南的诗人

最近
我总是会想起一个在甘南写诗的朋友
他在甘南的一座小城
教书育人
我知道。那份工作撑不起他的理想
养不活他盛大的心
在那个叫合作的小城
他读海子,读湖畔诗人的诗
小城落下的雪
装点了他诗意的心
他在那座高原的小城

想古老的祖国
想一些活着和死去的诗人
他总说他不会写诗
在一座叫合作的小城
他想得更多是生活与命运

## 一些与爱情有关的东西

我总喜欢思考一些与爱情有关的东西
比如，盛开在四月的桃花
比如一只在黎明飞到我窗前的鸟
我都会爱上她们
但我不会喜欢上一只猫
一只猫躲在阳光后面
一只猫的眼睛总是多情
一只猫与我在黑夜聊天
我们谈到了人类世界
谈到了整个人间的苦难

## 遇见一场雪

下雪的天气，街道变得无比湿滑
我怕我会摔倒，成为别人的笑话
一辆辆白色的汽车。在城市里滑行
我要登上其中的某辆
在大雪天，穿越大半个中国去看望一个人
全世界都在下雪，整个中国都在下雪

寒冷不再是久远的事
城市的边缘，悲伤的野树和雪
伫立在窗口
成为你眼中想念的风景

## 植物园

我想我会爱上一些与植物无关的东西
在植物园，植物郁郁葱葱
像极了故乡人迹罕至的原始森林
只是这些树和花草
一出生就被欣赏，被赞叹
不像故乡那些悲哀的弃儿
就算参天，也不被任何人铭记

## 在西站看见一张羞涩的脸

西站是成都人流最少的车站
它像一个被人遗忘的孩子
急切盼望有人踏破它的门槛
成都之西，是大家口中的城市养老院
草木肥美，月色黄昏
人们喜欢待在屋里看风景
在西站，我见过太多踽踽独行
但那天，我遇见了一张羞涩的脸
温润如玉，承载年轻与爱情

### 读一首诗读得如此憔悴

我从来没有读一首诗
读得如此憔悴
因为,那些烂熟于心的诗句
已经老了
就像风吹过喉管
发出沧桑而沙哑的声音

### 夜半通信

夜色弥漫
桌上的书已经睡着了
台灯也睡意昏沉
写在纸上的文字也要睡去
我打算在信里给你写一首诗
告诉你我一地鸡毛的生活
告诉你昨晚做梦我又想起你
最后,我却撕了写满的三页信纸
只在信封里塞进了一张明信片
上面只有三个字:我很好

## 四月的一天

四月的一天
天空是那么蓝
我又开始想一些与爱情有关的事物
从红光镇到科华路
天一直很蓝
没有一朵云
我想,那一定是上帝的眼睛
没有揉进任何沙子
可以清晰地俯瞰整个人间的苦难

## 邛海之夜

在邛海,水和风一样温柔
一些摆渡的木船合着岸上的芦苇摇摆
一群洁白的鸟儿急切地归巢了
月亮岛没有升起月亮
彝族同胞的篝火也没被点燃
我嗅着那些带着鱼腥味的风
感到莫名的温暖
世界安静得就像睡熟的婴儿

## 北海银滩

我跟很多人都说过，我的梦想是去看海
在北海银滩，海风盛大如人生庆典
把我细长的乱发梳成了标致的"大背头"
在北海银滩，我背着我五十块钱的廉价书包
在入口处买了两根石头烤肠
在沙滩上请两个广东人
帮我拍了一张面朝大海的照片

## 重庆的街道

重庆的许多街道是道在上而街在下
有时候车在脚下，有时候车在头顶
唯一可以恒久辨析的通道，是装载沧浪之水的长江
风在整个城市从不能直来直去
它会像无数的重庆人一样
上坎爬坡，挤弄穿巷
但这样的街道，从不缺少生活的热情
就像人们因为挤在一起
而变得更加亲密

## 姓名论

在我呱呱坠地的时候，父母让我拥有了姓和名
这是父母对我的财产标记

我的姓告诉我,我属于我的父亲
我的名告诉我,他们希望我成为什么样的人
对于姓名,我从未有任何感恩
这被强加的标记
像牛皮糖,像膏药贴
将禁锢我一生

## 村庄哲学

我的村庄,最早的时候并没有名字
外地人常用"那个村"为它命名
它如中国万千村庄中的一个
将农民赖以生存的土地和附属物
紧紧抓在手里
它划定了边界,定下了宗法和道德
几千年来,我的同类被它禁锢、奴役
磨掉了锐气和理想
只把种地、繁衍和家长里短当作人生要事
只有那些毅然决然的"叛逆者"
头也不回地离开了村庄,就像挣脱枷锁的鱼
游进了无边的汪洋大海

## 爷爷的忧愁

爷爷有三个儿子
两个亲生,一个是二婚老婆带来的养子
对于养老送终这件事

爷爷向来秉持公平公正原则
养子出钱，老大老二一家住半年
但老大十年前去深圳打工音信全无
养子山西挖煤摔断了腿
接到噩耗的爷爷忧愁了许久
但我不知道他是为他的二儿子和养子忧愁
还是担忧自己未来的命运

### 弱者的呼吸

我曾无数次看到镇上领救济粮的窗口排满了人
我好奇地盯着那些亢奋而精明的眼睛
试图寻找他们可怜的证据
破烂的衣着，漏水的鞋子，黝黑的脸庞
然而这些不足让我信服
不足以让我平复
那些白花花的大米被他们扛走时
升起的嫉妒心

### 关于买书这件事

我买过许多书，却没真正读过它们
它们就像精美的礼品躺在我的书架
一排排一列列，整整齐齐
这些塑封着的书，给我以安全
让我在懒惰的日子里
依旧保持着读书人的身份

## 而立之年

多年来,母亲一直想给我
她的全部世界
在我人生的前三十个年头
她不允许我忤逆她的任何决定
她用她的全部精力
想为我安排下风平浪静的一生
上学、社交、娶妻、生子
然后赡养年老的她和父亲
三十岁。按照命书,这是我的而立之年
我内心沸腾的自由
让我如此痛恨这种伦理下的卑微
我决定奔跑出村庄,奔向余生自由的数十年

## 农民与田园诗

农民是工业化前我们星球上的主要居民
农民的社会是一切现代社会的共祖
现代化的力量要从农民群体中产生
农民曾被我们叫作最伟大的创造者
农民也曾被我们污蔑为无耻的小私有者
今天我们谈论农民
就像谈论一首田园诗
就像阅读一本有千年文化的书籍

## 一群简单而纯粹的人

在一些繁华城市的边缘
我见过许多被称为"大神"的流浪者
他们生活简单,只为身体提供最简单的营养物质
做工只做"日结",做一天必须休一天
宗法时代的蒙昧和兽性还未在他们身上褪去
但他们不为吃喝拉撒和繁殖而烦恼
每天都过得简单而纯粹

## 站在故宫墙外

谁会在意这样的夜晚
我站在庄严的故宫墙外
被历史厚重的锤音击打
而在两千年前
我还站在野花凋零的山坡上
黄昏的风吹着我苦涩的双眼
天空死去,流云死去
全部的山峦死去
我痛苦着的袍泽们也死去
那高唱于山巅的歌谣
埋葬那些横陈于地的骸骨
这些无关我事
只是我心爱的祖先病了
天空里飘着忧伤,战火撕扯着躯体

饿殍哭喊着悲戚
这悲伤着的八千里华夏土地
从此野花凋零
这些无关我事
只是我心爱的祖先病了
只是我心爱的麦子枯了
我和我的父辈拉着独轮车
戴着我的青蓑笠
踩着硝烟中荒芜的麦子地
骑着瘦马,挥舞着镰刀
生生劈开这疼痛的土地
我们重建家园,为民族筑下坚固的城
现在,我又站在这古老的坚城外
里面桃花落尽,暮雨成烟
五千年的时光
湮灭了汉时征途中的飞絮
唐代远航时的大海
而天骄的弯弓大刀、长风铁蹄
已成了落日下寂寂独行的风铃
此刻,站在故宫墙外
听到清脆的铃声
一匹马儿就从历史深处迅疾奔来

## 写给姐姐和青海湖

大西北的青海湖
在青海湖的咸水里

我叫你：姐姐
在风中摇曳着悲欢的姐姐
夜风摇落了你的眸子
它们飞上了天宇
闪烁着离人的寂寞
我拿着镰刀
在青海湖边收割石头
像收割韭菜一样
麦子长在云端
长在寂寞的青海湖里
一位寂寞的女郎
用她的锁骨弹奏一首离人的歌子
我坐在青海湖边
坐在云端
坐在麦地里
静静地聆听：
而后天寒地冻
路遥马亡
月比星白
夜比昼长
麦子全部枯萎
我收割的石头全部枯萎
女郎荷月而去
我坐在青海湖里
一只荆棘鸟
飞过我的胸膛
穿堂的风

从青海湖吹到了南美
在那个叫厄瓜多尔的地方
在那个盗贼满街的教堂里
神父用手做喇叭状
叫你的名字：姐姐
姐姐，你的发在春天里像韭菜一样疯长
你提着菜篮跨过春风的原野
你的篮子里装满了忧寂与欢乐
可我不知道哪样会多一点
我多想告诉你
在月夜升起的日子里告诉你：姐姐
我又看到了青海湖里的石头
它们又青又白
上面写满了海子的名讳
仿佛记得
那是个寂寞的诗人
住在一座面朝大海，春暖花开的房子里
可是，姐姐
在那些梦里
我看见他在哭泣
他从青海湖走到了日喀则
又从日喀则走到了山海关
麦子在他脚下生长
他匍匐在麦地上
他用手握住金黄的麦穗哭泣
姐姐，在陇东的兰州
麦子在大雪里生长

寂寞而悲欢的生长
留着胡子的山羊
和长着翅羽的飞天在麦地里嬉戏
我看到了你，姐姐
在那个大雾的清晨
你走在清晨的大雪里
你的脚踏出了长长的脚印
再难踩平，姐姐

## 参观师大校史馆

忽然间想起
我曾是凋零在西北黄昏里的
一颗青芒
曾在盘旋的秦岭道口
背负着褴褛的书籍
和战火中的忧伤
那一年，当我窥见了西北荒凉的石头
我想所有的人都将会把我遗忘
那一年，我打马走过西北荒凉的边城
停在了兰山脚下
那一年，在凋零的风里
我种下了第一棵开花的洋槐
搭起了第一间简陋的讲堂
在荒凉的西北
我的名字在荒凉中生长
我从不在秋日的黄昏

刻意向牧羊人讲述西北的荒凉
我怕西北的黄沙
硌伤了他们眼里的企望
而今夜，我回来了
站在一棵开花的槐树下
陇上的夜色
总有麦子的深邃
年代里的风，奔跑成岁月的野马
今夜，在那些死去的时间器物身体里
讲述着这所大学百年的沧桑

# 一个老人的死（组诗）

——谨以此诗纪念去世的爷爷

## 一

我一直在盘算着你死了这件事
从西关十字到安宁
我一直在盘算着这件事
天空刮着无比猛烈的风
黄昏的时候，城市的霓虹依旧很美丽
我知道
他们会把你埋进故乡的黄土里
或许还会给你撒上白酒一斤
记得过年的时候。你还喝了一瓶啤酒
你的坟头
会在来年的春天长满狗尾巴草
它们是你最忠实的朋友与知己
活着的时候陪着你，死去的时候也陪着你
然后。再过一个春天
许多人就会把你忘记

忘记那些和你有关的事,你说过的话
还有你在他们脑海里仅存的影子
那时候,你就真的离去了
狗尾巴草会一年比一年高
最后掩埋掉你的坟头
你留在这世间的唯一凭证也将被忘记
有时候
真的
死就是一个你被遗忘的故事

## 二

我不知道他童年和少年时的样子
但我觉得
我该将那段时光定义为美好
他苍老的时候,死去的时候
是他不美好的时光
我知道。他的死是时光的痛
也是整个人间的痛
因为很多人不知晓他的死
因为这个世界每天都有。无数这样痛着的死
也有无数这样痛着的生
我想以一个诗人的名义或者身份
为他写首诗
虽然。他并不知道诗是什么东西
他孤独了好多年
在一个叫红光的村子里

像无数的狗尾巴草一样
在春天里勃发，在冬日里凋零
而后寂静死去
据说，他死时想见她的大女儿
她的儿女都来了
除了他的孙子
他的孙子，在那个离故乡八千里的春天里
其实。也是忧郁的

## 三

那座川南的城市，火车在开，风在吹
那一天
我离开那座川南的城市
一路往北
路途无比漫长
期间无比伤悲
却未曾用一场烂醉来麻痹神经
未曾在一个心爱女孩那找到安慰
也未曾让自己悲伤成为一棵开花的木棉树
却像一只飞过川南的鸟
一直孤独着往北飞

## 四

永远离去
这是上帝说了才算的事

就像这个世界上无数生与死的无奈
就像这个世界上无数
你关心的人不关心你
关心你的人你不关心
我永远不可能再见到他了
也谈不上关心与不关心了
在火车上
我一直在思考着这件事

## 五

一九九八年的春天
在通往集市的路上
我跟在他后面
我们在集市上看苗族的小伙子吹芦笙
他买了两斤白酒
并给我买了最喜欢的棒棒糖
那时候
故乡的核桃树还很繁盛
它们倔强地在川南的土地上生儿育女
我常在那些树下跳绳、打弹珠、背语文课文
他坐在一块光滑的石头上
眯着眼睛抽旱烟
那些年,我和他都那么害怕黑夜
后来他离去那天
黑夜就真的来临了
在花已经开了的春天

思乡练习曲

在夜里钟声敲响第十下的时候
一切都变成黑夜的颜色
他离开以后
我常伫立在那些树旁
太阳照着我的影子
风将影子吹散
仿佛什么都没有发生

# 附录： 与故乡有关的故事

## 故乡泸州是这样一座城

十九岁那年，我背上行囊独自坐火车北上求学，在一座叫兰州的城市，一待就是七年。兰州和泸州是两个截然不同的城市，但兰州街道上大大小小的泸州知名白酒的广告牌，让我莫名生出感动，不论走多远，故乡的痕迹始终陪伴在身边。

### 故乡是一座酒城

说到故乡泸州，肯定绕不开酒这个话题。泸州的酿酒历史有几千年，与整个巴蜀酒文化一脉相承。经过几十年的发展，泸州现在有两大知名白酒品牌，这也使泸州成为国内唯一拥有两大知名白酒品牌的城市。

1963年，朱德元帅重返泸州的时候，亲笔题写了"酒城"二字，20年后，胡耀邦在泸州考察，闻到了街上空气中弥漫的酒香味，写下了"风过泸州带酒香"的句子。从此，"中国酒城"就成了泸州的标签。

每个城市的人都可能带着那个城市的脾性，酒城人的脾性当然与酒有关。酒城人爱喝酒，每逢红白喜事，都要敞开肚子喝上一通。而且酒城人常年浸润在酒香里，行事多少有点武侠小说里英雄人物的风度。

酒桌之上无父子，四海之内皆兄弟，用时髦的话说就是"没有什么是一瓶白酒解决不了的，如果有，那就两瓶"。只是因为喝酒而打架的事在酒城是比较少见的，喝醉了，扯皮了，最多也就是脸红脖子粗地吼几句了事，然后"各回各家，各找各妈"，第二天又和好如初。

我虽是酒城人，但酒量却差得不行，属于酒桌上半杯就倒的那种，但每次回泸州，小酒馆都是我必去的地方。在酒城，我最喜欢去的地方是一家叫"任我行"的小酒馆，这里有复古的风格与陈设，在这里温一壶米酒，再来一碟花生和几盘小菜，随着酒保那一声"客官，您的酒来嘞"，让人下就进入了《笑傲江湖》里那个豪爽、快意恩仇、天下任我行的江湖世界。

我舅舅在泸州郊区有一小作坊式的酒厂，用玉米和高粱酿酒，每次去他的小酒厂，在一公里外就能闻到扑面而来的酒糟香。

小时候，我在酒厂里玩，舅舅会把刚酿出的原浆酒用筷子头蘸一点让我用舌头舔，记忆中那无比香浓的液体进入口中，除了辣还是辣，我一直没有体会到像我舅舅那样，二两小酒下肚，便翩然似神仙的滋味。

大学毕业后，我在机关单位工作，常外出检查，有时会被人灌得七荤八素，坐着车半路上就吐了起来，甚是狼狈。在电话里和舅舅说起这些，他却嗔怪我不懂得欣赏美酒的滋味，最后又叹气，说这也怨他，让我在酒厂里长大，却没把我的酒量培养起来。

我说:"要是我很能喝,岂不是把你酒厂的酒都喝光了?"他说:"那也比你在酒桌上出洋相的好。"说完这些,他便旧话重提,给我讲酒桌上的很多礼仪与忌讳,讲酒桌就是江湖,讲喝酒的美妙与意义,初中没毕业的他甚至能把泸州博物馆里汉代麒麟温酒器和泸州老窖获"巴拿马太平洋万国博览会"金奖的故事讲述一番。

舅舅酿了一辈子酒,随着时代的变迁,他的小作坊也要被拆了,在厂子被拆的前几天,他专程去参观了已经是国家重点文物、始建于 1573 年的泸州老窖明代酿酒池。回来后,喝了一瓶酒就睡去了。他也明白,小作坊酿酒的时代一去不复返了。

## 记忆中的江水之城

著名节目主持人王小丫曾在泸州主持节目,她谈道,有酒有水的城市才是最宜居的城市。千百年来,酒城泸州凭借沱江、长江两条大江的水运条件转运出大批的盐、糖、烟草、茶叶及铜、铁、煤等矿产。江水带来了财富,江水繁荣了城市,泸州也成为商贾云集、市井喧哗的西南名城。

那些密布的河网和码头,甚至让人生出一种恍若身在江南水乡的错觉。

如果上溯两千年,当张骞"凿空"西域,开通北方丝绸之路的时候,主管西南少数民族事务的唐蒙也上书汉武帝,提出通夜郎以制南越的计划,并开辟了西南丝绸之路。

那时,泸州的长江、沱江、赤水河、永宁河上,中原与西南少数民族间贸易往来的货物装了一船又一船,中原的许多文人墨客也逆长江而上来到酒城,中原文化和巴蜀文化在江水之上碰撞、交融,衍生出多姿多彩的文化盛景。

到了我祖父那一辈，沿江的水上人家和沈从文笔下的湘西光景类似。祖父加入了船帮，在江上运盐巴去川东重庆，以此维持一家人的生计，他们遭遇过江匪，罹受过死亡，却始终对这条江保持感恩与敬畏。

20世纪60年代后，机动船彻底代替了木船、帆船，祖父那辈拉纤运盐上川东的苦行已经成了历史，江上运行着轰鸣的汽船和客轮，船越来越大，吨位越来越重，现代化的大型国际集装箱码头也开始出现。

看着满江奔跑的船只，我舅妈却常感叹："船多了，但坐船的机会更少了，我都好多年没坐过船咯。"

我很理解舅妈的心情。以前，酒城人过河的方式都是坐船，酒城有多少渡江码头，那时的人们大概都说不上来。20世纪70年代，泸州人开始修建泸州长江大桥，发出了"人民大桥人民建，人人为桥作贡献"的号召，许多泸州人就义务跑去修桥，每天只领两毛钱生活补助，但干得热火朝天。

后来，桥越修越多，政府又实施了渡改桥工程，许多历经沧桑的渡口被撤掉了，许多渡轮和小船被取缔了。曾经那些夕阳向晚的渡江码头和那些曾经水上讨生活、夕阳下撒网打鱼的景象也越发少见了。

去年回家，我发现长江上那艘有渔人披着蓑衣、戴斗笠打鱼的小船也终于消失不见，唯有那些装饰豪华的趸船还停在岸边，每当夜幕降临，杀鱼、烤鱼、推杯换盏，以另一种方式维系着人与江水的脉脉温情。

## 历史深处的英雄之城

泸州是一座英雄的城市，这是我给别人常说的一句话。英雄美酒自古相伴，许多人只记住了这座城市中飘满街道、随风散淡的酒香，却忽略了它背后的无数英雄壮举。

1915年，袁世凯复辟帝制，传奇将军蔡锷在一名叫小凤仙的女子帮助下逃回昆明，立即组织护国军北上，当时军队经过泸州南边的雪山关，蔡锷将军在关上望着大好河山，写下了"是南来第一雄关，只有天在上头，许壮士生还，将军夜渡"的句子。

据传，时任护国军旅长的朱德将军和了下句"作西蜀千年屏障，会当秋登绝顶，看滇池月小，黔岭云低"。这副对联后来被人篆刻在雪山关上，成为名胜。蔡锷与朱德率领护国军与数万北洋军在泸州境内棉花坡、陶家大院等地展开激战，最终打败了北洋军，对迫使袁世凯取消帝制，恢复共和起到了一定推动作用。因为这场轰轰烈烈的护国之战，主战场泸州叙蓬溪被改名护国镇。

将时间追溯回古代，奠定泸州英雄之城地位的是宋末元初的抗元斗争。1242年，抗元名将余玠出任四川安抚制置使，他依山傍水修建了很多防御工事，神臂城就是其中一座。

这座坚城三面环水，只有一条山路联通泸州城。临水的地方岸陡水急，布满嶙峋怪石，是绝佳的防御地形。战争最激烈的时候，神臂城里驻扎了军民数千人，甚至当时的泸州府都也迁入其中，凭借这座坚城，人们与蒙古大军对峙了35年之久。

如若不是像神臂城这样的西南山城抵挡了蒙古铁骑的进攻，宋朝灭国的时间将大大提前。后来，蒙哥大汗在另一座山城——重庆钓鱼城殒命，后人便只知钓鱼城而不知神臂城了。

暑假期间，我专门去了趟神臂城，这座历经沧桑的遗址已经荒废,很少有人知道当年发生在这里的激战为这座城市铸就了"铁打泸州"的名声。

拾级而上,我看到城门已经被青苔覆盖,山上尚有许多人家,烟火缭绕,田野沃然,一片平和,仿佛当年的金戈铁马都被时光一股脑儿扔进了面前的大江里。在一片梨花林边,我遇到正在打理果树的张叔,向他问起神臂城的故事,他知道这是一座和蒙古军队打过仗的城堡,但具体细节他也讲不出来。

现在,他每天早早起床,看看江水,打理打理果树,闲了去江边钓钓鱼,喝喝小酒,生活也过得自在逍遥。山上那座长满青苔的城楼,他很少去关心。他更多记得的是以前地主的故事,他父亲给地主当长工,在神臂城放牛、砍柴、种玉米。后来,地主被打倒,他父亲带着他继续在神臂城的土地上放牛、砍柴、种苞谷。他说,前些年雨水少,苞谷不好种,他就改种果树了。

他很高兴地指给我看当年地主的房子,那是城墙下的几堆石头,一些发黑的土挤在石缝间,很让人意外的是,石缝里长满了不知名的紫色小花,在阳光和微风中不停地摇曳,让人心旷神怡。

## 中学时光与永宁城事

  我的出生地是泸州永宁县。我上学那时，永宁一中门前的铁索桥还在，走在微微晃荡着的桥上，脚下的永宁河静谧而祥宁，一如它的名字。那时的永宁河上已经没有了行船与垂钓者的身影，谁能想到三十年前，这条河里的篷船还可以去往宜宾，谁还能相信三十年前这条河里游鱼悠闲，水草丰美。一条河见证了一代人的成长，也见证了这座城市从一座朴素的川南边城向一座现代化城市前进的艰辛。

  现在我还记得和永宁一中隔河相望的那条街道，雨天总是很潮湿，街面坎坷不平。车与行人总是拥挤着。许多青色的木结构瓦房夹街而立，商铺很多，卖着日用品、瓜果与蔬菜，当然，还有许多小饭店。

  在中学那段埋头苦学的日子里，每逢星期天半日假期，一帮人就涌向河对面那条街上的一家小馆子，吃上一顿大餐。那里的饭便宜又好吃。有一道菜我至今难忘，菜单上把那道菜叫作"酸菜炒金豆"。后来在外地求学的那些日子，我跑遍了异乡的许多川菜馆，想再吃一盘"酸菜炒金豆"，可是外地川菜馆虽多，甚至许多还是由川人所开，但没有任何一家卖这道菜。

  失望之余，我更加想念永宁的这道美食。2016年寒假，我回了一次永宁。经过数十小时的漫长车程，到永宁时，我已经感到身心俱疲。可是我下车后做的第一件事就是找了一家餐馆，点了几个菜，这其中当然就有"酸菜炒金豆"。可是吃完那道菜，我却感到已经没有了当年的味道。后来，我还专门去找了中学时吃饭的那家小饭店，却发现那家饭店已经不在了。

那天，我看到那条街道已经渐渐地荒芜了，或许是当时一中的学生已经放假了吧，所以我在街上没有看到学生，整条街上只有我一个行人，一切显得寂寂而寥落。一个人走在这样的街道上，总是会有孤独之感的。我想起我在异乡求学的时候，那里的天气总是很好，阳光每天都很灿烂，天很高，云很少。在这样的天气里，我总会选择在周末，一个人走在黄河岸边上。看到那些飘在天上的风筝，那些落寞的杨花与柳絮，总会有一股乡愁涌上心头。因为我在永宁曾无数次看过这样的景致。

记忆中永宁的暮秋，中环路那边高大的法国梧桐落了一地的叶子，阳光也如北方那般温和。那个秋天，我正在读一个泸州女作家写的书，而且正好读到了她笔下的土耳其之旅，于是走在永宁落满枯叶的大街上，我就莫名想起她写伊斯坦布尔秋天的那段文字：

"我总觉得十月的秋天，就该是属于伊斯坦布尔的。一条街道便是一场帝国旧梦，一片落叶便有一则王朝陈事。"

我自去异乡求学后，就再也没有见过永宁的秋天，那种如伊斯坦布尔的秋天。

2016年过完春节后，我又再次离开故乡。买了车票后，还有三个小时的空闲时间，于是我决定去看看傅钟将军的故居。读中学时，我有一个同学是傅钟将军的亲戚，就住在傅钟将军的故居里。她带我去她家参观过，给我看了傅钟将军的许多照片。

而那天，我在那些复杂的巷道中却找不到记忆中的路，所以只能无功而返。

后来我在杨武坊广场那儿站了很久，过往的人流与车流从我的眼前不停划过，我的背后，那个我曾经和同学一起打"红警"的游戏厅不见了，取而代之的是一幢我只能仰望的高楼。那天，永宁的天空惨白灰淡。我想像徐志摩一样挥挥衣袖与它作别，终是不能。

## 回乡和对爷爷的怀念

离乡多年后，我再次回到我诞生的那个小村庄。车行在川西南浓烈的大雾之中，没有置身仙境的感觉，更多的是一种寒冷刺骨与满心压抑的情绪。

我从来没有喜欢过我的故乡，哪怕它有很干净的空气和很青翠的山林。

我已经多年没有回家，我的老父亲，他曾强烈地要求我回去一趟。

我说我不想回去。

老父亲说老爷子病了，病得很严重。

我的回乡就像鲁迅的回乡那样，见到的是故乡在文明挤压下逐渐衰败的痕迹。即使那条常年弥漫着韭菜味道的街道两边，已经有了越来越多的外表装饰豪华的建筑，但它们依旧是衰败的。那条泥泞的路已经泥泞了十几年，村里年轻人也越发少了。还有那些日趋衰败的古朴宅子里，住着的老人也更加佝偻了。那些不能在城里生存下去，只得回到乡村的中青年，他们只能通过造一幢幢现代化的大屋来证明他们的价值。

我原本也应该是这样的命运，甚至我的老父亲已经给我早早地造好了一幢大屋，等着我回来继承。

每次看到那些耗费很多钞票造起来的大屋，我都会感到无比失落。对于这个村庄，对于这幢华丽的大屋，我都是一个背叛者。它们不理解我，我也不理解它们。父母喜欢做的事，就是造大屋，华而不实的大屋。我不会去住，我背叛了那座屋子，也背叛了我的故乡。

快过年的时候,故乡下了很大的雪。我记得自我上初中后,故乡就很少下雪了。上小学的时候,韭菜街经常被大雪覆盖,那些长在街边的竹子被大雪压塌在地上,阻断了人和车辆的通行。放学的时候,我经常去摇那些竹子,把它们身上厚厚的雪摇落下来,每次摇到一半,竹子就因重量减轻而弹回去,纷扬的雪粒撒了我一身。

南方的冬天潮湿阴冷,我身上的雪很快就融化成水并渗进我的衣服和头发,因而每次回家的时候我总会被冻得瑟瑟发抖。但是,那些与我同龄的孩子是不怕冷的。他们经常聚在一起打雪仗,有些人甚至将石块裹在雪球中间,被这样的雪球砸中的人,轻者身上青紫一片,重者头破血流。

我从来不用担心这样的事情发生到我身上,因为他们打雪仗从不叫我。而且,我看起来很傻,木木地杵在雪地里,像一根电线杆。他们不喜欢和一根电线杆打雪仗。

我也不喜欢和他们打雪仗,因为许多时候,我觉得打雪仗其实没有看一只迷路的蚂蚁如何找到回家的路更有意思。

那时候,我在韭菜街小学念书。

学校离我家很近,我放学的时候经常在学校和家中间的一块荒地里坐着发呆。那块荒地在一个小山坡上,周围建筑甚少,风很大。南方很少有大风,但那块荒地上的风却十分猛烈。

在韭菜街读小学的那段时光里,放学的时候就已经是黄昏了。我沿着韭菜街走回家去,我的母亲正在给我煮饭:韭菜鸡蛋羹。

如果我回去迟了,她就会把鸡蛋羹放进柜子里,我回去的时候再热一下便可以吃了。

我常常回去得很晚,那时候,我不喜欢看电视,即便家里有一台黑白电视机。我觉得它很吵，每次打开电视的时候，邻居家的老人、小孩会来一大堆，我就借故躲出去，去那块荒地，坐在大石头上吹风。没风没落日时，我就老老实实地待在家里看书。我喜欢看书，看很多奇怪的与学校的学习内容不相关的书。虽然我看了很多的书，但是，我的学习并不好。

　　三年级的时候，我遇到了一位老师。他很帅，我见过很多很帅的人，但都不如那位老师帅。

　　他是一个诗人，是我见到的第一位诗人。

　　他会在上课前喝些酒，然后讲着课就脸红了。

　　他讲课我很喜欢听，因为他常讲一些课本上没有的东西。班上的很多人都不喜欢他讲的东西，因为他讲的东西大家没有听过，费脑子。

　　但我却能理解，上他课的时候我总是听得很认真。

　　我每天会早早地来学校，因为他住在学校，会在早读开始之前坐在学校二楼的音乐室弹风琴。我就在学校的围墙外面听他弹奏，他停了以后，我才进门。我那时是那么热爱他弹奏的那些曲子，它们就像流云一般漂泊在我的心里，自由激荡。

　　成年后，回家的日子却显得无聊。我沿着韭菜街一遍又一遍地走，想找到一些关于少年时代的印记，可每一次都失望而归。

　　于是，我整天躺在二楼卧室的床上看书，甚至饭都要母亲送上楼来。母亲以为我在看一些很有价值的书，实际上我整天都在看一些很无聊的杂志。看那些杂志既不能增加我的知识，也不能给我创作的灵感，我看它们纯粹是为了打发时间。

　　但过年的时候，我年迈的爷爷也来了。他的身体已经很虚弱，他说他快死了。听到这句话的时候，我感到悲伤不能自已，于是借故走开，一个人沿着韭菜街一直走。从中午一直走到黄昏日落，停下来的时候，我发现我走到了当年上小学的韭菜街小学。

黄昏的时候，打篮球的学生早已散场回家，操场里只剩几个打羽毛球的学生。我倚在门口看那几个打球的学生，仿佛看见了当年的自己，看见自己当年在那些悲伤的故事里慢慢成长起来，青春之光被时间熄灭。现在，我再也不会为了一些事情悲伤或者难过。现在的我可以平静而安详地，在自己写的故事里，将自己讲成一个传奇。

1997年的时候，我去韭菜街小学上学，陪我去上学的是我已经七十多岁的爷爷。他带着我去报到，我是那么害怕见到生人，害怕那些欢笑的人群。我躲在爷爷身后，他帮我拎着我廉价的书包。报到的时候，老师让我写自己的名字，我不会写。他帮我写下了，字迹歪扭，很不好看。周围的人都在笑：多么难看的字。

第一天在韭菜街小学上学，我害怕很多东西。站在讲台上的教师，虽然很温和地叫了我名字，但是我以为她是一只猛兽，随时准备扑过来把我的骨头吃掉。我周围那群人，我叫他们同学，他们都在高兴地讨论着。我却独自一人坐在最后一排的桌子旁，盯着桌面上一个破本子发呆。我在想，今天回去后爷爷会不会给我做番瓜焖土豆。我望向窗外，看见他正坐在操场外的一块大石头上抽旱烟，眯着眼睛晒太阳。

我也想出去和他晒太阳，但我害怕讲台上的那头"猛兽"冲下来把我撕碎。所以我继续把头趴低，伏在桌上。

下课的时候，我走出去找我的爷爷。他靠在石头上睡着了，我走到他身边叫他，发现叫不醒，我使劲摇他，还是不醒。有一瞬间，我想他是不是死了。我忽然坐在他旁边哭，后来他醒来了，拉着我回家，逢人便说这孩子胆小，第一天上学就吓哭了。

他拉着我走过整条韭菜街，在街口买了一些土豆和番瓜，然后回家给我做番瓜焖土豆。

我吃了很长一段时间的番瓜焖土豆，因为他好像只喜欢做这道菜。我的母亲和父亲在我上三年级的时候，带着我的妹妹去了市里打工，他们租住在一条大江边的小房子里，一去好多年，他们可能已经忘记了韭菜街和我。我没有什么朋友，放学的时候总是最后一个离开学校，走上韭菜街，顺便捡一些因为卖相不好而被扔在地上的韭菜。我把它们带回家，爷爷心情好的时候会给我做韭菜鸡蛋羹，在里面放上些许盐，味道很好。

后来，我外出求学，越走越远。

后来，我多年不再回家。回家的时候，我的爷爷已经苍老得快走不动了。他坐在我旁边，和我讲话，说他快要死了。

我不知道该怎么去安慰他，也不知道该怎样安慰自己。我只能倚在韭菜街小学那扇黑色的大铁门上，看着黄昏下打球的一群孩子打发时间。

2015年夏天，我的爷爷走完了他生命最后的旅程，永远地离开了韭菜街。那以后，我把对他的思念，当成了思乡的练习。